連陽光也無法偷聽

陳雋弘 著

suncolor 三采文化

詩與迷惘

陳雋弘

我的文學起步很晚。同輩友人，許多都在高中便已親近文學、活躍於校刊社、結識志同道合的朋友、接觸各種大小文學獎項。他們早早就展露了文字方面的才華，或者發現自己比起其他人來，更加敏感多思。當走上了創作之路，甚至明確地將它當作一生志業，內心愛之信之堅定不移，其中也多有選擇相關職場工作者，真正將理想與現實合而為一。

然而即使到了現在，我對寫作仍然充滿了迷惘。畢竟太多人不需要文字，也可以過得很好、甚至更好了，我們又何必執著於「推廣文學」呢？重要的是每個人都找到自己喜歡的事物，並且投身其中，大概都會有所得吧。英國哲學家羅素說他第一次遇見數學，竟有著強烈的戀愛感覺；物理學家費曼說他仰望星空之時，因懂得許多科學知識，更加能體會到一種深邃而神祕的美。如果有上帝，他給了我們每個人不同的秉性與氣質，則在珍珠奶茶以至螻蟻磚瓦之中，或許也有詩？

直到大三接近大四，我才開始寫詩。那時已到了BBS末期，卻在南方有個熱烈的詩板叫做「山抹微雲」，是一個架設在中山大學的網頁，裡頭有著年輕的、更是嚴肅的，各種關於詩的寫作與討論。我曾花費大量時間，把所有匿名詩作與他人回饋從第一篇讀到最後一篇，曾嘗試偷偷貼了一首短短的詩，焦慮地等待著，終於被板主在貼文前面打了一個小勾勾，為此像個孩子般雀躍。屬於詩的開始、文學的開始，也許就是這樣一種無人知曉的夏日清晨般，隱密的快樂吧。

實習那年我回到家鄉，開設了明日報新聞台「貧血的地中海」，並興奮地寫作至研究所時期。那時網路創作風起雲湧，「我們這群詩妖」是個以詩創作為主的寫作邦聯，集結了眾多好手，寫詩的速度以星期為單位，甚至有人每天貼出新作品。那樣的環境創造了一個非常優質的討論空間，大家在留言板上交流日常生活，也對作品提出或者輕鬆或者銳利的見解。感謝那樣的日子，我吸收了大量的養分，並且讀到了許多首永恆之詩，與及好多的名字，至今仍在我心中閃閃發光。

一直以來，我認為自己在創作上並不特別具有天分，我沒有噴濺的靈思、富麗的修辭、或者想對世界傾訴的無窮話語，沒有。也許我只是在天時地利人和的時候，偶然得到了些許垂憐與祝福，得到了一些些肯定、還有那一些些愛我的人。這也是我不在乎是否停筆的原因之一吧。文學應該是每個人心中的祕密角落，創作者打造著奇怪的鑰匙，等待有緣人找到適合自己的那一把，進到裡頭，與自己真誠地對談、協商與和解，也許我也曾提供過幾把鑰匙？但重要的是你、而不是我，重要的甚至不是詩，而是你找到那個缺失的另一個自己了嗎？說到底，怎輪得到我來寫詩？你、那些更有天分的作者，詩以外的一切，或許就是人生啊，不都是上帝所為，最燦爛的文章嗎。愛在流行，於穆不已。

這本詩集裡的多數作品寫於我實習那年與研究所時期，早於《此刻是多麼值得放棄》，有許多以家鄉、教育為主題的詩，當然更多的是生活，並且被塗改成情詩的模樣。那時我是幸福的吧，即使最後為了就業與謀生有過憤怒與虛無，但在此之前，我也確實擁有過幸福。我真懷念那段歲月，溫暖的陽光、乾淨的空氣、親密與陌生的朋友、讀書、晃蕩、擁有當下想著未來……，像是一張安靜的照片，什麼都在最好的位置上，真希望就這樣被框在那裡，一切都不要再移動了。然而我們終究要與萬事萬物發生關係，從存有變成存在，最悲哀的事莫過於此。

熟悉的讀者將很容易發現，「此刻是多麼值得放棄」作為第二本詩集的名稱（但在出版上卻提早了），也出現在《連陽光也無法偷聽》整本詩集的第一首。這首詩裡提到「有人勸我／不要再那樣愛了／陽光燦爛／此刻是多麼值得放棄」，作為一切的開始，以及後續種種，它已道盡了所有。有人選擇放棄所愛轉而去追求其他事物，有人則願意放棄一切事物只為了追求所愛，陽光燦爛，誰更加正確呢？也許選擇放棄的那一刻，我們都有認為更值得的事物吧。有什麼關係呢，我們擁有不同的去向，有什麼關係呢，世界充滿了相反的事事物物，有什麼關係呢，有長矛，也有風車，最後不過都是以詞語建構出來的堂吉訶德啊。

唐朝詩人陳子昂寫過兩句我非常喜歡的詩：「歲華竟搖落，芳意竟何成」。曾經很努力地開出了花，也有過美好的本意，但一年過去，最終都是要凋落的，它完成了什麼嗎？所謂的「芳意」又是什麼呢？不知道，這世界是個問號，但我們都拚命地想給出答案，甚至因此傷害了別人。對於世界、人與人之間、對於自己、還有意義，對於這一切，我只有滿滿的迷惘，而不需要文學的人有福了，他們知道在簡單中有著最艱難的至樂。

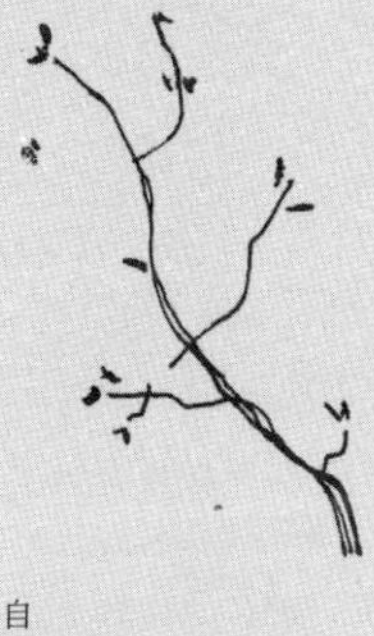

目次

輯二——白鷺鷥

輯三——夢中小學

輯四——天使之書

輯一

不讓世界崩然睡去

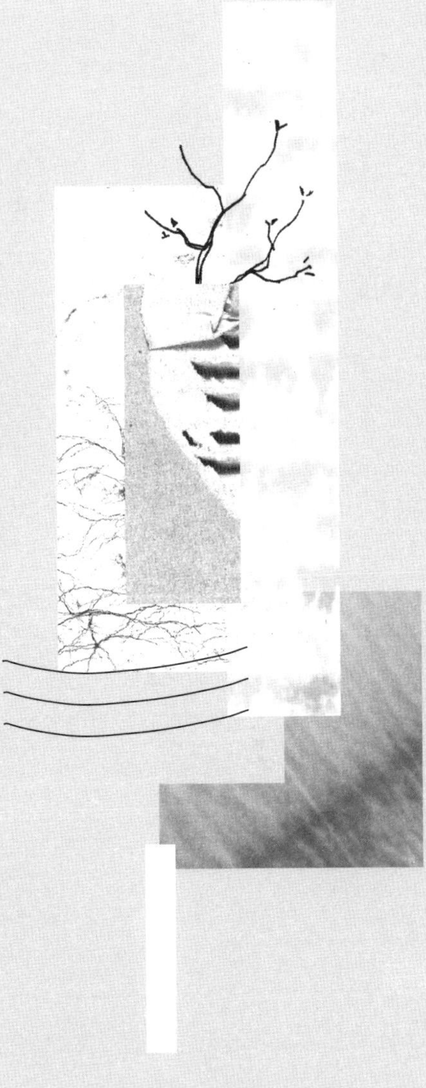

唯你還在發光

用一雙眼睛撐開天地

整副精神抵抗

不肯讓整個世界倒在懷裡

我們崩然睡去。

此刻是多麼值得放棄

有人勸我
不要再那樣愛了
陽光燦爛
此刻是多麼值得放棄

天空不停變換
鳥的排列
哪一隻你將跟隨？
無論這決定如何重大

牠們都要消失了……

我信仰過琉璃
時而在高溫中被焚毀
我信仰過河流
與愛情，也曾經看見
整座夜晚被敲碎

然而是什麼
讓生命的翅膀辛勤鼓動
美麗的地平線，彷彿永遠
懸而未決
旅途之中
我們只有沉默

有人說
就離開吧
像一場短暫的春天，春天的落葉
擁有與他人不同的方向
是腐敗的泥土
懷著一整片傷心的玫瑰園

是一根羽毛
在風中滑翔
即使不曾留下
任何的證據

有人勸我
不要再那樣愛了
陽光燦爛
此刻是多麼值得放棄

你是一個如此奇怪的人

每一次都想說我恨你
「就到此為止了。」
往前攤開手中的地圖
出現更多條路

啊，猶豫不決如此美麗
是那麼多星座
存在於同一片天空

動用巨大的肺活量
學一隻小鳥唱歌
你是一個如此奇怪的人
我深深愛著

原諒雲的高高在上
原諒影子的膚色
原諒寫錯的字
同時也原諒自己

在早餐前許下了願望
黃昏時總會湧起悔恨的感覺
一天運轉的過程裡
萬事萬物皆在改變位置

張開雙手
成為風景的一部分
感覺風在耳邊
溫柔低語

原諒雲的高高在上
原諒影子的膚色
原諒寫錯的字
同時也原諒自己

興趣

葉影在地上布置一方棋盤
陽光以其燦爛的手指
趁我不注意
輕巧又跳近一些

不知什麼時候
我身上已經長滿了斑斕的魚鱗
整個人安安靜靜
停在

一把扇形展開的，貝殼鐵椅上

天空很藍，偶爾有鳥
會飛過我剛寫好的詩句
請問，你們也讀詩嗎？
不然怎麼可以，每每在轉彎之時
不著痕跡地換韻

我喜歡每一個今天，早上無課
與嫻靜的文學院坐在一起
聽灑水器每隔半小時
就對著草地唱三分鐘害羞的
彩虹的歌

即興曲

夏天過去了
總會出現另一個女孩
換了幾次座位
仍是那麼靠近海
行程一再延誤
生活裡停靠了愈來愈多的船
有許多未竟之事，翻箱倒櫃後
再也無法物歸原位
將你懸掛在窗前

派出的一千隻紙鶴全部失蹤
眼神變換不定
敲擊著天空的花瓶
如一首即興曲
跳過幾處無傷大雅的細節
因忘記怎麼回去了
又偷偷高興起來

噴泉與水仙

他坐在那裡
鮮豔欲滴

不管身邊
一個又一個世界
綻放，凋謝

天空之上
更有巨人

俯看著萬物的倒影
他就坐在那裡
專心想著哲學問題

宛若興奮的噴泉
一株竊喜的水仙

事件

想說的話
一開始
祕密就交給了光

所有黑洞
最深處
都存放著一個神祕的包裹

空無繞著，空無

旋轉出
玫瑰般壯麗的宇宙

一顆水晶球
冷卻了
成為黑色的眼睛

處男

風把手伸進夜晚的褲袋裡
貓頭鷹睜大了眼睛

夢中的拉鍊
與蛇同樣光滑

誰在削著春天的果皮
誰把祕密，拍成了電影

等不到天使報喜
這世界已經偷偷讓他懷孕
是豐盛的果園擺設著
也是最寂寞的筵席

車廂

不過三分鐘
我們睡過頭了
不知道這是哪一節車廂第幾節課
尷尬的年代裡，我在後座
喜歡拉妳的肩帶與頭髮
人生說好考上第一志願
與那麼多拉環往同一方向搖晃
直到所有人都離開了

唯我們靜止
醒來在一個陌生的城市

記憶的岸邊

我忘記所有的字
已經好久了

那些曾經發過的誓
詛咒過的星星
還是一樣燙人的
某個青春夜晚
請問你還記得嗎？

偶爾哼起一首歌
老是忘記怎麼開始的
只是不經意地走著
也就學會了悲傷

你曾問我
有想要去的地方嗎？
我不喜歡旅行
可是身體卻常在飛翔

每個人心裡
都有個別人
無法瞭解的苦衷呢
這我知道

可是仍然改變不了
你出海的日子

是那樣的日子
我站在記憶的岸邊
每一個句子都被風吹亂了
失去意義
像我和你

我站在記憶的岸邊
每一個句子都被風吹亂了
失去意義
像我和你

等待 1

關燈以後
房間打開成原野
我們是顏色鮮豔的毛蟲
停在葉子巨大的床上

星星的果實
從天花板上垂了下來
我們伸手去摘
卻發現夢是如此遙遠

那些寂寞的想法
選擇了在夜晚靜靜地開放
萬把草葉的小刀
正安靜修剪著月光

如果此時心事如蛹
懸吊在空中
一串風的鑰匙
因找不到鎖孔而慌亂響著

而在掉落途中
誰會伸出美麗的手掌
如蜘蛛結網
將我們輕輕地捕獲？

等待 2

天空閉上眼睛
夜晚便睡成了一隻
巨大的貓
牠的背脊如此美麗
在夢的原野上，輕輕隆起了
一列神祕的丘陵

以為自己就是
稻草人的那個想法

已經在星空下站立許久
相信總有一天
經歷過的風雨
會變成灑落遍地的月光

此刻，我未熄燈的窗口
懸吊在
雲朵寬闊的葉子底下
如一紙燈籠
黑暗中
彷彿張得最大的一隻眼睛

偷偷地
正與整個世界比賽

看看是誰，這麼不小心
總是早了一步
越過睡眠的邊境

相信總有一天
經歷過的風雨
會變成灑落遍地的月光

等待 3

入夜以後
牆壁發出了鼾聲
枕頭想著心事
天花板框著
一片多角形的天空

整個房間
安靜到可以聽見
昆蟲隊伍行進的聲音

從生活的縫隙鑽出來了
從耳朵與頭髮的
抽屜裡鑽出來了
四面八方都是
牠們翻動夢土的聲音

而今晚
為什麼會出現兩個月亮呢
窗戶張大了嘴巴
不知道怎麼回答
醒著的檯燈
亮著的人
也不知道怎麼回答

對飲

夜晚在天空攤開了
一張藍色的蓆子
我們仰臥，並且舉起
星的酒杯相互敲擊
（那時，一整條銀河
都溢出了濺濺的水聲）
天地之情意岩岩

若孤松獨立
其醉也
嘔了我們滿身
斑爛的葉影

整個晚上，我們就這樣
懸坐著
直到化為一片醺然的香氣

不讓世界崩然睡去

我們還有一場電影沒看
一條街還沒走完
忽然就什麼都老了
每天風和日麗
志意衰敗不堪

天那麼容易黑
日子卻無止盡蔓延
鴿子來回不斷飛翔
忘記了最初的信

要交到彼此手中
銀河崩潰
懷擁的文字都墜成流星

上一個世紀極度乾燥
不曾發生動人的離別
也沒有下雪，今天
突然才又覺得冷

你知道嗎時間已過了多久？
雲朵蒸發，海洋乾涸
我們兀自盤旋
海鳥反身找尋消失的麵包屑
誰都回不了家

唯你還在發光
用一雙眼睛撐開天地
整副精神抵抗
不肯讓整個世界倒在懷裡
我們崩然睡去。

忽然就什麼都老了
每天風和日麗
志意衰敗不堪

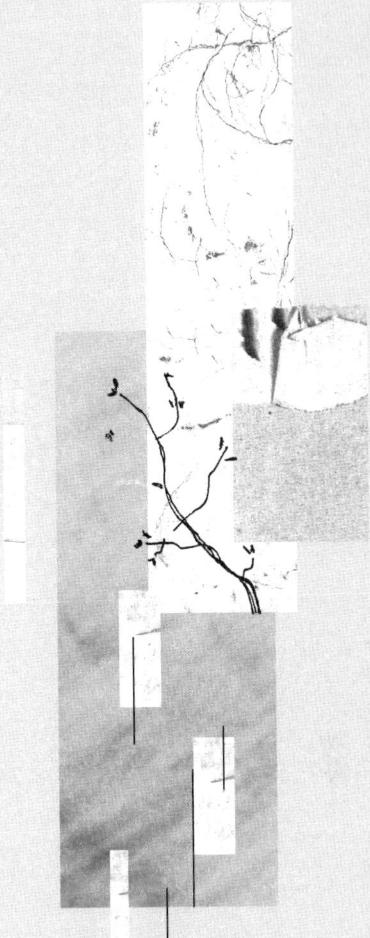

輯二

白鷺鷥

在一個被水光注滿
倒影的世界
你有不被理解的想法
我有無法表白的心

問津

——龍鑾潭賞鳥記行

1

車子熄火後
城市就安靜下來了
鳥聲混亂我們的方向感
拐進那條武陵人迷失的小路
蕨類攤開手掌，放出成群蚊蚋
你聽見了嗎？ 那隱隱
從思想的水邊傳來了
拍動的聲音

2

彼處傳來拍翅的聲音
一隻澤鳧從望遠鏡裡逸失了
我們坐在此岸，隨蘆葦不停打著手勢
湖水粼粼偷渡著我們的想法

心中的沙洲又飛來了一隻鳥
以翻遍導覽手冊，也找不到詳細記載的
那種飛翔方式

3

失傳的飛翔方式。
逆著風，我們翻轉為一隻鳥
與整座城市停在水面

那險峻而唯一的山頂
練習一種高度的平衡感
跟著你，姿態優美地穿過
眼前那大霧的玻璃

你聽見了嗎？ 那隱隱
從思想的水邊傳來了
拍動的聲音

遠客

——記灰面鷲

睡意沿著海岸線
彎成美麗的弧度
開車追你直奔南方
小尖山高舉手臂
歡呼遠客的到來

架好了眼睛
我們在暗中窺視彼此

這個季節擠滿了人
循著時針移動的角度
調整焦距，聽覺不斷被高倍放大
噓，
巨木在深呼吸

陽光已經從胸膛透出來了
狂風駕著湧動的雲
從太平洋外趕來
凌霄亭在崖顛翹首盼望
葉尖豎起耳朵
我們站在更高之處
與整座山一起屏息以待

倏地，一片強勁的羽翼
拍醒我們
一千隻夢的鷹群
從九月的深秋谷底斜出

我們傾倒整個中古世紀的黑暗
就為了黎明這一秒
彼此深情的凝視。

我們傾倒整個中古世紀的黑暗
就為了黎明這一秒
彼此深情的凝視。

我們就去大海隱居

——海生館記遊

0

岸上還有一首沒寫完的詩
我脫下汗濕的夏天
離開了陸地
不知道何時會再返回
同一行憂傷
斷句的地方

1

走進博物館中庭，
一面薄薄的藍鏡躍出
一隻巨大的鯨魚，黑亮的背鰭
駝著無數的歡聲笑語
陽光熾烈
我們就在弓起的灰腹洞中遺世而居
等待下一陣噴天灑落
閃著金光的水晶雨

2

鯨魚和海豚在大廳天花板上遊戲
落地玻璃洩下整片水光
躍過護欄吧，更遠處

深山已經擠滿了人
我們就去大海隱居

3

在海底隧道與魚群對望
我們牽著獅子散步，化裝成小丑
坐在珊瑚城鎮中寫詩

時有負責巡邏的魟魚
一如神祕的幽浮
從我們頭頂飛過

4

這裡是無聲的國度

海的大腦深處發出神祕電波
我們嘗試彼此溝通
彩虹的語言都被翻譯成
憂鬱的藍調

5

沉船區景色幽暗
石壁凝固著
魚群千年的眼淚
觸礁的後現代
我們用聲納探測
傳回來一千年前
船長室未發布的號令

6

累了坐在海底
身穿白色T恤的人魚
在紫外線的催眠下
凝固成一塊塊發光的珊瑚
我看著身邊的你也在發光

你已經睡去

7

出口的光如海螺深旋
遊興在八十一公尺的隧道裡迷航
眼神如錨，又一艘身體沉船
海龍王派出一群又一群

千手的蝦蟹打撈，我們千尋之下
疲憊的睡意

8

坐在大洋池觀賞區的階梯前
如坐在深海的電影院
深水炸彈魚追逐著飛龍在天
主持人笑話很冷
我們隔著造價三千五百萬的強力玻璃
觀看千堆雪捲起
無限的寒意

9

某位詩人早已深潛至此
寫下了兩首波光粼粼的詩
祕密的文字記載著
原初一次陸沉
我們魚族失落的進化史

「生命的血來自海洋。」
我想起了另一位詩人
短暫的旅行

10

看著透明水母
乘著水中的熱氣球緩緩飛昇

幻想一種最簡單的生活方式
「日本人覺得他們很禪呢」
你站在礁石洞口說著夢話
整個人發出螢色的光

我們都充滿了禪意。

11

站在海堤沿岸
以雙臂為直徑
身體為圓心
畫出一道海平線
將沿岸的浪花一一串起
鑲成一條項鍊

掛在墾丁的脖子上
那是最美的詩
掛在你的脖子上。

我們嘗試彼此溝通
彩虹的語言都被翻譯成
憂鬱的藍調

白鷺鷥 1

第一次這麼近看你
一片雪白的心境
正縮起一隻腳
練習單獨站立
彷彿一個哲學家
頭頂孵著鵝黃色的夢

這裡是濕潤的水田地帶
適合散步與思考，沿著風的線條

我們耗費一整個下午
只為將修長的頸子
彎成一個弧度優美的問號

白鷺鷥 2

你總是和我
隔著一段距離
每每我專心地看著你
而你並不知道
只是也和我一樣專心
做著自己的事情

那不過就是散步
那不過就是飛翔

那不過就是
靜止，在愛情
與失去的愛情中間

在一個被水光注滿
倒影的世界
你有不被理解的想法
我有無法表白的心

深呼吸

陽光穿過葉隙
在山壁上打洞
我們騎車到秋色深處
加入此一巨大的詩工程
感覺耳朵轟轟作響
美麗的神情一如解說牌上的植物
都是無毒的
流水滑開了夾克的拉鍊
那一刻

神木從懷裡釋放出紛飛的棉絮
我們與天地張大了口
一起深呼吸

花蓮素描

油菜花田

我們掛起一幅幅鮮豔的油畫
在火車的玻璃窗上

歷經了旅途中漫長的等待
穿越過無數個
沒有星星的山洞

當我們再次睜開眼睛的時候
每一隻毛毛蟲身上
都長出了美麗的翅膀

你聽見了嗎？
田裡蜜蜂飛舞的聲音
正撼動我們體內
屬於夏天的消息

布洛灣

盪過一個又一個鬼頭彎
我們被拘提到雲端

泰雅族人長髮如風
坐在山的肩膀上

石桌在傳說中輕輕轉動
午餐安靜到長出了青草

感覺腳邊有什麼東西在舔著
原來是一大群野生的霧

那盛開的山櫻花，剛剛完成了
我們最後的演化

文山溫泉

再往下走
遠離那高高在上的文明
沿著木頭階梯
我們一步一步脫衣

此地鬧熱滾滾
身邊盡是穿著花內褲
冒煙的山頂洞人

如果輕易把腳探入
燙傷了就用
滿山草葉的陰涼來敷

太魯閣

我們小心翼翼
把心情調整到時速三十公里
慢慢移動風景

此一武功失傳的時代
還是有人喜歡
以飛簷走壁的姿態
離開這座城市

躲進天祥隧道裡
成為一部分山的眼睛

我們小心翼翼
把心情調整到時速三十公里
慢慢移動風景

隨時間緩緩漂遠

——過屏東縣來義鄉

冬天過了的時候
我們陸續來到
鋪滿鵝卵石的河邊
用石頭把下午堆高
溪水從長滿鬍鬚的河床
蜿蜒流出，我們脫了褲子
坐在水上
隨時間被緩緩漂遠

我們謙卑地生活在
信史之前的谷地
在半山腰搭建各種顏色的積木
並且擁有一座紅色的吊橋
溝通季節與信仰兩端
必須步行很長的距離
才能與文明相遇

無聊的時候
就與回聲一起唱歌
閱讀著神話般變幻的雲彩
偶爾在芒草的葉尖不小心睡著
當一萬顆鵝卵石
又經過了一次掏洗

我們將花費另一個漫長的冬天
來等待
一種簡單的生命的答案

無聊的時候
就與回聲一起唱歌
閱讀著神話般變幻的雲彩

消音

——過高屏溪

鐵塔漸漸消失了
霧以其溫柔的手指
輕輕
將世界消音

搭乘普通號列車南下
有著優美弧度的
高壓電纜漂浮如軌道
我們正行駛於其中的一條

灰暗已經過去，剛剛下了一場雨
綠色的
座椅猶不斷向前延伸
我們也加入了
水面上暴漲的布袋蓮行列

窗外飛鳥，陸續
將沿途風景都叼走了
我們因為小睡
完全沒有察覺

下陷

——寫給我日漸消失的家鄉林邊

不斷被抽走的
這麼多年
每當漲潮時候
就用沙袋的沉默去堵
母親身體的裂口

無數次
以夢中的惡水

換取生存的鹽分
一滴用血凝成的蓮霧
在夜裡垂掛著
鑽石與珍珠

時間就像白鷺鷥
那樣停著
走過季節的衰草
堤防也下沉了
再不用踮起腳尖
就可以看到海

海上的船隻
岸邊的房子

在記憶裡飄著
魚腥味的黃昏

都隨著我的身高
愈來愈矮

一滴用血凝成的蓮霧
在夜裡垂掛著
鑽石與珍珠

夢裡

——二十歲第一次經過從未謀面的出生地有感

聽說我是在夢裡出生的
夢裡是一個村
屬於高雄縣
鳥松鄉。住在這裡的人
喜歡幻想嗎？
他們是否和我一樣
寫詩
莫名悲傷

我離開夢裡已經很久了
也認不得那些彎曲的小徑
會通往什麼樣的記憶
每天早晨醒來
都會起霧，他們說
在夢裡
這是經常發生的事

我一直不知道在夢裡
也會有無法解決的事情
當時離家出走的門
已經開往不同的方向
在夢裡我繞了又繞
連來時的路也忘記了

此刻我站在一個分岔路口
一面歪斜的路牌正胡亂指著
我的身世
那姿勢讓我想起了醉酒的父親
小學六年級，最後一次見面
後來他的聲音都躲在電話裡
喃喃自語。
他在作夢嗎？
他是否也曾在某個大霧的早晨出走過？

長長的二十年
不小心
我又走回了夢裡

夢裡是一個村
在高雄縣，鳥松鄉
松有多老
鳥又要飛往哪裡呢？
酒醉的父親
還會不會回來
告訴我
夢裡曾經發生的故事

輯三

夢中小學

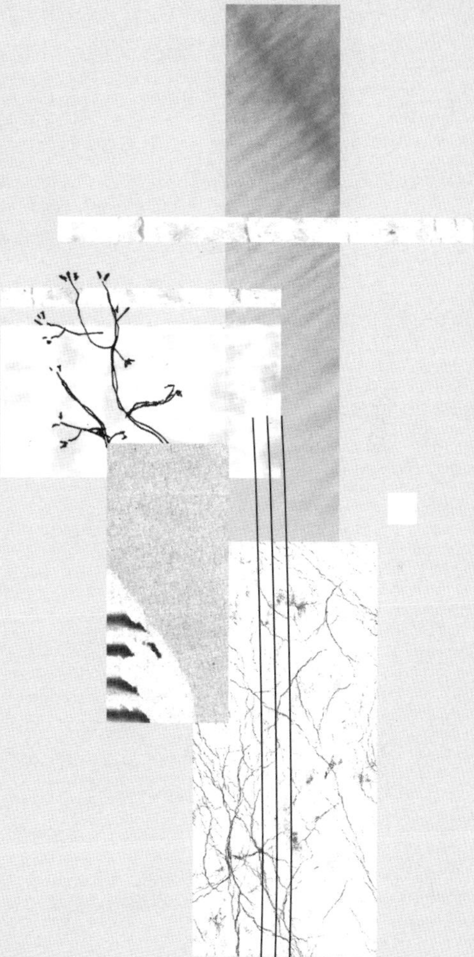

長大以後

「就可以過著幸福快樂的日子了嗎？」

我聽見你在身體裡面

仍不斷追問

那個誰也無法解答的謎題

與麻雀一起早餐

窗戶烤好了一塊陽光
盛放在櫸木地板上
懷裡抱著小學堂的鐘
麻雀準時會在早上七點
啄我醒來

昨晚電風扇張著巨大的眼睛
偷窺了一整夜
牆角的睡相
星空趁檯燈作夢的時候

悄悄旋轉，把我的身體搬到了
巷子另一頭
我如同往常地背著書包賴床
卻沒發現窗簾已經被換上了
全新的風景

對面的鄰居被換成了一排青山
教室被換成了一畝花園
（而山中的夜晚
真的有精靈嗎？）
窗戶已經烤好了陽光
盛放在二十九張桌子上

今後的每一天
我都將與麻雀一起早餐。

星空趁檯燈作夢的時候
悄悄旋轉，把我的身體搬到了
巷子另一頭

大雨

氣象局發布大雨特報之後
烏雲便一直籠罩在教室上空
彼時我們正討論著
關於生活上乾旱的問題
逐漸升高的濕氣在室外
噴滿了芳香劑
許多昆蟲都從頭髮裡
爬了出來，顏色如此鮮豔
那是我們平時都羞於表達的

各種想法嗎？

牆壁上有雷聲，輕輕的
響起了。
我們暗自想像
黑板是一面巨大的螢幕
每個人的眼睛
都播放著自己喜愛的影片
結束後我們約定好
將各自發表
種種前所未有的激烈理論

走廊被潑濕的地板，倒映著
金屬般明亮的內心

那麼多不為人知的祕密
都在最不經意的此刻
輕易淌開來了

一場突如其來的大雨
改變了我們
生活上乾旱的問題
你發現了嗎，我們的身體
其實正在悄悄改變顏色

許多昆蟲都從頭髮裡
爬了出來，顏色如此鮮豔
那是我們平時都羞於表達的
各種想法嗎？

一八七四

——那一年我家隔壁發生了牡丹社事件

三月，牡丹還未綻放
那是一八七四年，距離昨天
剛好一個輕輕的翻身。
我今年二十二歲，住在
偶爾因失眠而起浪的海上
無業漂浮，迎著風，正準備教師甄試
離過家也流過血
但沒見過牡丹花

喜歡歷史，卻是第一次
讀到一八七四年
：日人自長崎出發，向台灣開征
在車城南方的社寮登陸
並且徹夜高歌。
（啊，那裡我曾開車經過
但沒有一次搖下車窗）
立碑：「大日本琉球蕃民五十四名墓」
而後離去

一次轉身的距離，我卻不曾
細讀過碑上的文字
因為要去墾丁。
我曾好幾次開車，經過車城

轉往楓港要去
有大白斑蝶，貝殼沙
外國人走過
就會對你笑的墾丁
但沒有一次搖下車窗
一路上聽張惠妹
帶領原住民高歌

今年教師甄試，大家都關心起鄉土議題
屏東縣更加考了歷史地理
考題就要我們寫
牡丹香。 我沒見過牡丹
更不曾坐船到一八七四年
不曾見過沈葆禎，只在漫畫裡看過

大久保的名字
並想像他是一個胖子
但作為一個老師必須懂得樺山資紀
雖然我住在牡丹鄉，隔壁
一個靠海的小漁村
但我沒坐過船。在酷熱的八月
用五百字九十分鐘回答一個問題
牡丹總是不開

回家路上，我讓墨水一路流下
一八七四乾掉的血
在李筱峰所著的《台灣歷史閱覽》
一〇四頁，遇見了高士佛社民
他們承認殺害五十四名琉球人

並且嫁禍給牡丹社又轉嫁給
隔壁二十二歲的，我們，曾經在恆春
石門附近的旅館住過一夜
（那次墾丁的旅館想是已經客滿了）
躺在昔日的戰場上，而一再失眠
終於未能死去
明天依舊強壯坐起了
年輕未被搶奪過的身體

這是二〇〇二年夏天
從這裡望過去
我家隔壁的牡丹
鄉萬里無雲
也許我根本遇見過他們

其中一人
那時他與我們一樣
在同樣要往墾丁的路上。

躺在昔日的戰場上，而一再失眠
終於未能死去
明天依舊強壯坐起了
年輕未被搶奪過的身體

陰天

陰天裡我們討論集中實習的各科教案
會議室吵成一團
一些基本理念遲到了很久
也沒人知道發生了什麼事

教小朋友賞荷
（請參考國語科教學指引的內容深究）
愛護動物（共六節二百四十分鐘），遠離並絕對不吃
菸、酒、檳榔以及
好鄰居（這關係道德與健康）

討論如何
延伸無止盡的學習步道
︵而美好的童年就來不及布置了︶
戶外教學走不出月考的矮牆，也許
體育課可以到操場踏青
︵九年一貫的基本精神不就是
統合七大領域嗎？︶

陰天裡我們躲在屋子
教小朋友相親相愛，整整一個下午
︵認知、技能之外
最後請別忘記情意目標︶
一個坐在雲端的小孩
聽不見我們激辯的聲音。

角落

——實習筆記

開學

整個暑假風箏放牧著我
陪知識到處流浪
去蒐集異國的雲朵
化妝成一隻綿羊
從天空俯瞰自己的生活
二個月沒刮的鬍鬚
悄悄又長出一片新的草原

這是開學第一天
教室像那年夏天的海水浴場擠滿了人
救生員環顧四周
我們依舊在離海很遠的地方
練習划水的姿勢

音樂課

音樂課本被四樓的天空打開
我們踩著風琴踏板
登上雲端
放出平時循規蹈矩的小獸
一匹卡農

追過
一匹卡農
踮起腳尖，跳過音階的柵欄
和一朵又一朵粉紅色的雲
發出叮噹的音響

我們是從自然課本裡飛出的一隻鳥
在狹窄的五線譜間
穿進穿出

讓我們

讓我們離開昂貴的小學

集體出走森林
去學習巨木群站立的姿勢
觀察落葉飄墜的技巧
練習如何隱忍，在大霧中
靜默的力量

之後，
讓我們再度走入妖獸都市
重新啟動一套禮節
讓我們成為貴族
而不野蠻

漫散

雨持續下到禮拜五
每個人都望向窗外
依舊不用升旗的一天

教室大水
坐在漂浮的黑板上讀經
以水流的節拍
伴奏瞌睡

雨勢凶猛
連值日生也被沖散了
叫喊中

課本愈流愈遠
流過了一星期，我們
離岸一千萬公里
如浮木漫散

去學習巨木群站立的姿勢
觀察落葉飄墜的技巧
練習如何隱忍，在大霧中
靜默的力量

夢中小學

我們抵達這所夢中的小學時
巨木已經從空無一人的操場上
裂地拔起。

那是傍晚時分
一群小孩正從教室裡跑了出來
我看見了你
卻始終沒有聽到鐘聲

你以慢動作轉身
鏡頭拉遠
一千片的落葉同時飄墜
整座天空宛如一瓶
巨大的沙漏

是誰的身體
不斷傳來喧噪的鳥聲
我們張大了耳朵
試圖聽寫
古老神祕的注音

不要怕
強壯的守護神

正環顧四周
我們站在天地之間
安靜地，與吉貝木棉
一起長大

◯後記：屏東縣泰武鄉的平和國小，有全省罕見的吉貝木棉。
幽靜的校園裡，孩子與巨木共生，是真正的森林小學。

花園

在我們心裡祕密的角落
共同擁有一座美麗的花園
裡面的花草絕大多數
是書本上沒有記載的
我們每每為了無法唸出
那獨一無二的音節而感到
些許喟嘆

每天黃昏

總有一些小孩到此玩耍
並且練習躲藏。
我們試著不去揭穿他們，一起加入
某個神祕的遊戲
我們是那麼喜歡彼此的默契
在漸漸傾斜的天空底下
感覺身邊確實還有一些
值得我們依賴的事物

我們悄悄尋索的是
一條神祕的小徑，通往
花園深處，那最難以被理解的
未知地帶。
我們每天散步在溫柔傾訴的往返途中

希望發現一些線索，偶爾
會有不知哪來的蝴蝶停在我們肩膀
但不一會兒又飛逝了

我們從未知道
這座花園的面積
我們經過了又遺忘了
哪些風景雷同實則迥異的所在
那已成為一種習慣
我們愈走愈遠，直到
再也看不見花草、蝴蝶
還有小孩

我們是那麼喜歡彼此的默契
在漸漸傾斜的天空底下
感覺身邊確實還有一些
值得我們依賴的事物

小孩 1

有一個小孩
但不是晴朗的那種
是下過雨，好乾淨
的一面玻璃

是脆綠色的
不該有任何驚嚇
是田裡灌滿了水光
咯咯笑

沒有任何思想

閃電在遠處發生
宛若一條臍帶
萬千雨滴緊握著小小的拳頭
正對著我們
快樂地揮舞

是整個世界
同時承認了
它的錯誤
有一個小孩
就這麼被生了出來

小孩 2

清晨以微光送來了
幸福的聲音
聽見你朝我衝奔而來
我猜一猜
這次是犀牛

我打開眼睛時
身邊已經布滿了

凌亂的腳印。好奇怪
昨天你尚未出生
而今天整個世界
卻已像蛋黃一般營養

你的眼睛裡有湖泊
跌倒了就會引起地殼的震動
偶爾你笑的時候我無法理解
你巨大的腦子裡
在想些什麼

你們是存在的嗎
或者只是我幻想出來的小孩
有時你會離我好遠好遠

又朝我衝奔而來
我猜一猜
這次是獅子

你的眼睛裡有湖泊
跌倒了就會引起地殼的震動

小孩 3

曾經在故事的樹林裡迷路
不斷問著：「然後呢？」
每天踩過夢的泥土
變成一個髒兮兮的小孩

躲在天黑了的被窩
幻想世界盡是妖魔鬼怪
回頭一看
其實只有自己

嚇出一身冷汗

費盡千辛萬苦
想找回某個寶物
卻因體力不支
最後總是無法打開
那只神祕的盒子

看到時間深處
關於未來的樣子
就像今晚
我望著天空巨大的瞳孔
獨自發呆

長大以後
「就可以過著幸福快樂的日子了嗎？」
我聽見你在身體裡面
仍不斷追問
那個誰也無法解答的謎題

就像今晚
我望著天空巨大的瞳孔
獨自發呆

前來打擾你

——給小孩

看著你的眼睛
什麼也都算了
世上有太多的邪靈
我們其實已被附身
唯你是乾淨的
這幾天相處下來
我很想也參與你的夢境
但顯然你是不愛我的。

不知你又是怎麼看待
我們這些邪靈？
牛頭馬面，亦宛如傀儡
被一條條未知的詭絲牽著行走
無法任性地大哭大笑
無法像你
隨時隨地有場輕易的睡眠

無法感到無聊就掉頭離去
也不能在人群之中
當眾孤獨，神祕地與自己對著台詞
說要有光
就有了光。

事物散落各處，天地宛如旋轉的餐盤
等著你去盡情地抓食

或者我們更加膽小
不敢往前急衝，也不敢倒退行走
彷彿擁有許多——卻必須緊緊
把你抱好。

教會你所有
邪靈擅長的那些
又擔心你會變成我們
透明的連自己也無法拯救

你會永遠是這個樣子嗎
對一切感到不滿，拉肚子與嘔吐

或者你也正在學習
強壯起來，加入我們的行列
當不知是誰
偷偷入主了你的天靈蓋
那裡會有什麼呢
曾經信以為真的夢
還是你終究已經忘記的
如我這般的所有陌生人？

都會一再地
前來打擾你

祕密基地

——給每一個特殊的小孩

他不會傷人
因為不懂
什麼是對的事情
也不懂什麼是錯的事情
所以他開始認真學習
傷害自己

他把大家關起來

自己跑去一個遙遠的地方
他發誓
永遠不讓別人找到
他的祕密基地

偶爾他會微笑，拿起刀子
但那並無惡意。
偶爾他會哭
我們也會哭
但我們和他一樣
都不瞭解為什麼哭

他滴下口水
那就是他在作夢

我們醒來了
就請不要吵醒他

他會痛嗎
像我們一樣痛嗎
雖然有時候他很快樂
像我們一樣快樂

他不會傷人
因為不懂
什麼是對的事情

籃框

——與我的學生們一起倒數，七十六天

然則作為一個籃框
就是要被命中的
我們都曾經來到其下
等待過一次
最美的跳投

高高地
它懸在那裡
像極了一個天使的光環

發亮的手銬
像極了
所謂的永遠。

當初說好的

——球賽，給某高中女排

喧譁的目光，如一頂皇冠
此刻正加冕於我們頭上
認識多年，知道你是個多情的人
想起當初說好的
即使仆倒在地
不要讓那顆旋轉的球停止

不要讓日子架起的高網
投下陰影在你臉上
爭吵多年，那些隨著意氣沉澱的瘀血

此刻都被汗水輕輕化開了
在哨音圈起的夢的圍場
想起當初說好的
要成為一個忠於自己的自由球員

為彼此穿戴好護具
時間與青春搶著伸長手臂
防守多年，知道我們都是倔強的人
此刻探照燈將你打成了眾多的影子
又不斷使我分心了
想起當初說好的
要一起擊掌、得分
花隊正散開
不要讓那顆旋轉的球停止

虛幻的終點

——給女孩們

時光好美
那是你的臉，又來到了
我的眼前
我將永遠記得
有一年，我們曾牽手而笑
放聲而哭

我將永遠記得
平凡如你
曾與我爭奪過同一份食物

等過同一班公車，在漸暗的路上
錯過同一個人

我將
永遠記得：在一聲槍響之下
我們靠著兩人三腳
抵達過虛幻的終點

或者就是
並肩靠在草地上
望著天空發呆，那是世界
正在形成
但那是什麼
正在消失

此刻沒有一朵雲
可以讓我為你加冕
背過的書裡也找不到
一行字句
為你祝福

時光好美
你怎麼可以不美？
有一年，我們建造了通天高塔
寂寞來到頂端
發現自己
原來也會尖叫

即使最後
被取消了資格
仍要奉你為我生命裡
永遠的
永遠的第一名。

我們靠著兩人三腳
抵達過虛幻的終點

輯四

天使之書

風起的時候

你是草原我是海

你在夜晚，放牧著一千隻眼睛

我就是

出發要去打撈星星的漁船

第一次

為打翻檸檬汁
而感到害羞
搓著大毛巾的男孩啊，再低著頭
那甜筒就要融化啦
就是青春期
特別愛流汗
在早晨按下了激動的鬧鐘
每晚又到夢裡
追著同一個女孩，變成跑馬燈

搓著大毛巾的男孩啊，再低著頭
那甜筒就要融化啦

夢中工程

黑暗的城市裡
有龐大的工程正在進行
為了實現那些美麗的想法
我們必須忍受一把巨斧
開鑿過胸膛的劇痛
在受傷的身體裡
重新埋下電線與水管
如此
才能發動滿天的星光

為了建造一座永不倒塌的城市
請原諒我，如此打擾你
在枕上製造無數輕微的地震
仍一意孤行地
往夢的邊境拓行

妳的微笑偏低

那侍者來了，又走了。
他端來了精緻的玻璃杯，閃亮
銀製的餐具，微微刺眼
午后美好的時光晃盪著
我們的相遇
溢出檸檬水的淡香

陽光款挪身姿，以一種娉婷的尷尬
代替我們向彼此打了聲招呼：
「今天天氣真好」。愛情總是如此

的老套

我無意中瞥見
妳衣服上也許是昨夜
不小心打翻了二十一歲的夢
壓壞的皺摺如此好看
將些許羞澀折在那裡
將我閃匿的目光折進去

妳的影子在地板上遊戲
有鴿子在妳肩上散步、啄食
偶爾抬頭，歪著脖子的模樣很可愛
妳短髮上插一根神氣的羽毛
很可愛

那侍者來了，又走了。
他挽著壓有美麗花紋的餐巾
妳輕輕地圍在胸前，垂首，動作優雅
那樣恰到好處的姿勢、高度
有檸檬水的淡香飄浮，那裡
有陽光斜斜地流過，有鴿子
拍翅起飛，低低划過的
恰到好處的高度

妳的笑壓有美麗花紋
就漾在那裡，而微微偏低。

午后美好的時光晃盪著
我們的相遇
溢出檸檬水的淡香

連陽光也無法偷聽

與你散步
身處地球這座巨大的烤箱裡
感覺生命被烘焙
成為柔軟的形狀

秋日可以聽見
精密的齒輪運轉

此刻屬於鴿子

則每一陣風，都長出了羽毛
此刻屬於孔雀
有著美麗的眼睛

關於十月，它到底說了些什麼
（你說了些什麼？）
讓木質的我們
有實在的歡喜

天使之書

0

妳就住在我的胸口
我一直聽到妳走路的聲音

1

每天晚上十一點
我就退化為一隻耳朵
只剩下聆聽妳呼吸裡，
花開微弱聲響的能力

2

今夜我要放一把火
從胸臟、喉嚨以至嘴角
延燒四百公里的距離繼續
如蛇般蛻皮

但我卻看見自己
在大雨中淋濕一身

3

我翻開頭髮找尋妳
栽滿美麗花卉的各種想法
妳一一解說它們的品種與培養方式
我與蜜蜂們一起傾聽
香氣馥郁。

4

而飛翔是什麼呢？
我總在即將觸摸到雲端時
又毫無原由地墜落

原來這世界擺滿了鏡子
我奔向前去
妳卻一直站在我的背後

5

那時我也自深山下班了
與自己聊著一天的種種

「黑暗將要降臨了」

滿林的烏鴉都在傳說

6

詩是關於妳
所有看到的文字
都被誤解了

7

氣象報告：
「明天午後有局部性雷陣雨」
那時的我正在午睡
卻迅速覺察到某種變化
天空中，妳的影子逐漸壓境
悄悄部署一次溫柔的攻擊

8

聽著妳洗澡的聲音
我的心情散發出沐浴乳香

祕密的溫室
藏滿紫羅蘭的思想

9

我們驚訝彼此有那麼多的共同點
喜愛的音樂，記得的童話
以及，
開始戀愛的日子

10

今早我站在過於光亮的太陽底下
炎烈難耐的，想一個人

彼時，地球另一端
有個人正努力地剷雪

11

「我們為什麼不相擁而死去呢？」
是啊，有位詩人這麼說
那是世界末日前一晚
才發現原來我們什麼都沒有
包括一個真正的愛人

12

能給我一個堅定的眼神嗎？
縱使在最嚴肅的冷冬
我們痛苦地快要死去
也還能想起賣火柴的女孩
那樣美好的童話故事

13

壯闊的山嶺橫亙在妳我之間
我坐下來欣賞山間蒸騰的霧氣
妳仍舊盤旋於半空
我閃爍的眼神無法將妳射落

14

大雨暴走於城市
每個人的臉孔被沖刷得模糊難辨
我們也同樣狼狽不堪

天使啊，此刻那些關於詩的
抵抗顯得毫無意義

15

夜遊海邊，頭頂時有閃電破空而現
「因為正極與負極的雲朵擦撞」，妳說
一如我們的關係

憂思正在漲潮，光亮太過短暫
隔著一整片的沙灘與暗黑

我開始猜測卻始終無法準確量出
妳豐富的思想在狹窄的潮間帶進進退退
擁擠一如
我們的關係

16
關於那樁愛情的神祕事件
由於錯失了唯一可資推理的環節
我們只能從聽聞與傳說中
虛構一個足以滿足大眾的真相

17
妳還願意聽我說話嗎？
話筒那端

傳來了隱隱雷聲

妳就住在我的胸口
我一直聽到妳走路的聲音

你是草原我是海

整個夏天
浪都懶得拍打
鳥倦於飛翔
你的上衣整件濕透
身體那麼沉重
想念跟著漁船
微微陷入水面一尺深
說好了不再等待

不覺又坐成石墩
你用眼神牽著大海
想起了
這又是一個適合放風箏的季節

風起的時候
你是草原我是海
你在夜晚，放牧著一千隻眼睛
我就是
出發要去打撈星星的漁船

你是夏季向我靠近

你喜愛穿無袖上衣
顏色偏草原一系
圖案是一千隻蜻蜓
你旋轉
蜻蜓就飛了出來

我在遠處
就感覺到你
均勻的呼吸

隨著牠們振翅的頻率
一時變得洶湧無比

此刻，我距離你剛好
一個不長不短的夏季
你踩著蟬聲而來
我開始耳鳴

窗下

用雨天的線條
勾勒妳漸漸起霧的側面
一條小路從心底蜿蜒而出
沿途降滿落葉

誰還記得呢
妳裙角輕輕揚起的花粉
每每讓人過敏
我們埋在窗下的信

已經長成了巨樹
深處還有那麼多未及實現的夢想

我們說好了
秋天就要返回南方的
那些傻話
現在只剩下幾隻燕子
還在遵守

回信

天涼的時候
我坐在窗前
看著美麗的你
與落葉一起散步而來

蟬叫聲漸歇
日子堅硬如殼
那年躲在樹上
留下了一個祕密

至今仍閃閃發光

你胸前的十字還會痛嗎
沿路心事都已結痂
外表也重新長出了
粗糙的樹皮

麻雀成群地飛散
心情遂宛如一塊空地
空洞迴響著
巨大的寂靜

你是不怕冷的
愛穿短袖上衣

天涼的時候
我就把你的背影一件一件
掛在窗前
彷彿夏天從未走遠

看著美麗的你
與落葉一起散步而來

面對

面對落地玻璃窗
我們隨餐具飄在海上
靠近岸邊的桌布顏色較淺
靠近你胸口的海水
蔚藍一片

一艘小船
慢慢駛進了你的耳朵
飛出來

又變成海鷗
當海平線穿過你的額頭
你在想些什麼？

棕櫚樹躲在轉角
似在偷聽，我們的祕密
某些懸而未決的問題
總是被一個服務生打斷
：「抱歉，你們的培根三明治
還要再等五分鐘。」

我看見一群色彩斑斕的魚
順著窗簾的浪
游過來了

我們期待許久的歌曲
當牆壁上白化的珊瑚礁
也漸漸甦醒——

關於記憶
一如刀叉的齒痕
我們小心翼翼地走過
這樣美好的夏日午後
沙灘離我們還有一些距離
隔著落地玻璃窗
我離你還有一些距離

這樣美好的夏日午後
沙灘離我們還有一些距離
隔著落地玻璃窗
我離你還有一些距離

遠遊

接著
便什麼也看不見了
唯星在天空
排成一列路燈
茫茫指引著我們

與你上山
沿著雲霧的鬢邊而行
聽樹影沙沙，說著夢話

你的呼吸那麼地輕
吹過來，夜色冰涼

意識水溶溶的
遠處城市的燈火也暈了開來
則我們剛剛
才從一座美麗的湖泊離開

而欲往天上
那更靠近銀河的水邊定居

螢火蟲

你將我的眼睛
與整座城市的燈光一起關掉
說要去找螢火蟲。

我就噤聲為叢草
潛行在夜的邊界
仰望著滿天星斗
荒廢而寂寞的存在

寒露沾疼了臂膀
也不敢輕易搖動
怕深深垂下
將一切打濕

就這樣閃閃滅滅
委委屈屈地生長與腐敗
終於，你跨過我臉上銀亮的淚痕
途經一個世紀
日以繼夜增生的亂髮
以鼻尖輕輕的碰觸
以一聲細如芒尖的驚呼——

那一刻
一大片的螢火自我身體昇起
也焚毀了我
生命裡最後一個夏季

你將我的眼睛
與整座城市的燈光一起關掉
說要去找螢火蟲。

與你看夜景

夜裡有人相約至此
縱火

以一顆流星
那戀人美麗的指尖

彩虹之橋
如此濕潤的擁抱

還微微疼痛著呢
關於一朵盛夏的刺青

眼睛與螢火
寂寞一閃一閃地發亮

耳墜子勾著，上弦月
遠方有一張黑暗之臉

代表智慧的那顆戒指
你始終垂掛胸前，謹記著教訓

還在猶豫什麼呢
我多麼想撕掉你臉上的消炎膠帶

風的嘴唇，耳朵的弧線
溫度輕輕滑落
而我們都是怕癢的
且又害羞於躲入對方的懷中

眼睛與螢火
寂寞一閃一閃地發亮

一千年以後

一千年以後
大水依舊未曾消退
整座城市被泡得發爛
我們終於進化成魚
可以不再用語言溝通
安靜地游過彼此身側
吐出幾個泡泡
讓海洋的光為我們翻譯

一千年以後

也許我們又將返回洞裡
將身體裸露在追逐中
不必遵守思想的一夫一妻制
守在篝火旁邊取暖
偶爾讓濃煙燻得流淚

我們就這樣約定
一千年以後
再次醒來於彼此身邊
那時愛情更老
我們則充滿智慧

關於一個繩結
讓我們用最原始的方法解開

我們的島

我們的島
沒有座標
每每會在談話中失去位置
復在午後的小憩裡
被悄悄挪移
到世界背面

雨後有彩虹
有鬱鬱的森林

那些散步過的小徑
都留有我們
獸的足跡

火那樣炙烈
反覆考驗
一顆野生的心
如何被刺穿
如何在疼痛中
變為成熟

你是這樣一個女人
部署日夜
給島以陽光

給規律的世界
以無理卻美麗的星辰

卻不給我以文字。
你是洞穴裡古老的壁畫
那樣神祕
而讓人流淚

我們的島
沒有座標
每每會在談話中失去位置

成灰

——新聞報導：「結婚週年，
男子買了一座島送給老婆」

也許
最後我們將失去整個世界
只能到對方心裡
柔軟的沙灘散步
那時妳是我生命中
唯一可以休息的島
供我眺望，雲朵金光
燦爛的魚群來到眼前
預言都實現

我也本是一座無人的島，無有日夜
是妳帶來了飛鳥
天真無邪
解開一條又一條
謎樣的小路
再打上一個又一個
美麗蝴蝶結

時間是久候不到的
救援人員
當我們終於忘記
當年迷航的日期
再也無路可退，無家可回
終於也被奇蹟放棄

我們便找一個
不大不小的洞穴
（啊，那上面綴滿了星光）
再為對方說一個
自己最愛的故事
而擁抱取火
而心滿意足
而輕觸彼此
而雙雙成灰

也許
最後我們將失去整個世界
只能到對方心裡
柔軟的沙灘散步

國家圖書館出版品預行編目資料

連陽光也無法偷聽 / 陳雋弘著 . -- 臺北市 : 三采文化, 2020.02
面 ; 公分

ISBN 978-957-658-286-8 (平裝)

863.51 108021034

Write On 04

連陽光也無法偷聽

作者｜陳雋弘
副總編輯｜鄭微宣 特約主編｜林達陽 責任編輯｜鄭微宣
美術主編｜藍秀婷 封面設計｜高郁雯 內頁版型｜高郁雯 美術編輯｜ Claire Wei

發行人｜ 張輝明 總編輯｜ 曾雅青 發行所｜ 三采文化股份有限公司
地址｜ 台北市內湖區瑞光路 513 巷 33 號 8 樓
傳訊｜ TEL:8797-1234 FAX:8797-1688 網址｜ www.suncolor.com.tw
郵政劃撥｜ 帳號：14319060 戶名：三采文化股份有限公司
本版發行｜ 2020 年 2 月 7 日 定價｜ NT$360

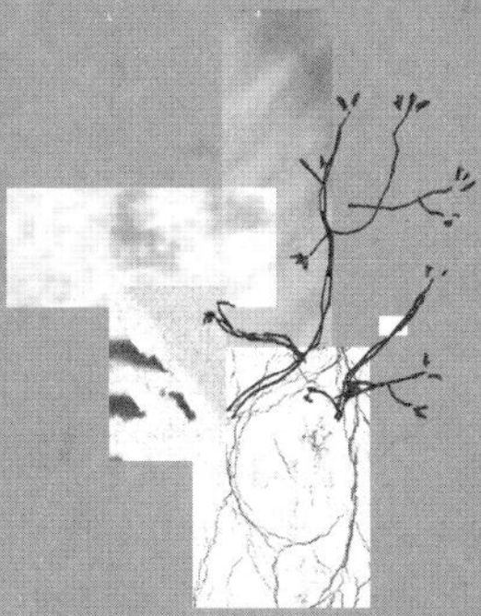

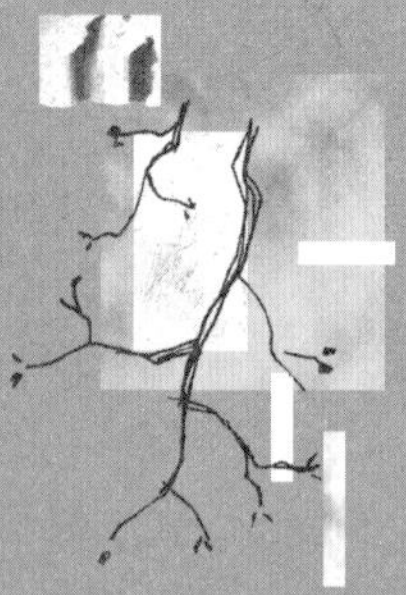